AF358199

11 Mars 1873. Samedi

1ère journée — 5430 f
2me journée — 20581 f
26111 f

Vente des Mardi 11 et Mercredi 12 Mars 1873

HOTEL DROUOT, SALLE N° 1

APRÈS DÉCÈS DE M. *Laluce*

MEUBLES ANCIENS

PORCELAINES, FAIENCES

OBJETS D'ART, MINIATURES, BIJOUX

TAPISSERIES

EXPOSITION PUBLIQUE : le Lundi 10 Mars 1873

<table>
<tr><td>M° DELBERGUE-CORMONT
COMMISSAIRE-PRISEUR
Rue de Provence, 8.</td><td>MM. DHIOS et GEORGE
EXPERTS
Rue Le Peletier, 33</td></tr>
</table>

PARIS — 1873

Vve RENOU, MAULDE et COCK

IMPRIMEURS DE LA COMPAGNIE DES COMMISSAIRES-PRISEURS

Rue de Rivoli, 144.

CATALOGUE

DE

MEUBLES ANCIENS

PORCELAINES DE CHINE, DU JAPON, DE SAXE, ETC.

FAIENCES ITALIENNES

Bronzes, Marbres, Terres cuites, Miniatures
Bijoux, Curiosités

ANCIENNES TAPISSERIES

DONT LA VENTE AUX ENCHÈRES PUBLIQUES AURA LIEU

Après Décès de M. L.

HOTEL DROUOT, SALLE N° 1

Les Mardi 11 et Mercredi 12 Mars 1873

A DEUX HEURES

Me DELBERGUE-CORMONT, Commissaire-Priseur,
rue de Provence, 8,

Assisté de **MM. DHIOS** et **GEORGE**, Experts, rue Le Peletier, 33

EXPOSITION PUBLIQUE

LE LUNDI 10 MARS 1873

PARIS — 1873

Don. B. G. Ricci

D05019

CONDITIONS DE LA VENTE

Au comptant.

Les Acquéreurs paieront CINQ POUR CENT, en sus des enchères.

L'Exposition mettant le Public à même de se rendre compte de l'état et de la nature des Objets, il ne sera admis aucune réclamation une fois l'adjudication prononcée.

ORDRE DES VACATIONS

Mardi 11 Mars

Porcelaines, Faïences, Objets d'art, Bijoux, Miniatures.

Mercredi 12 Mars

Bronzes d'ameublement, Meubles et Tapisseries.

Nota. — La collection de Tableaux anciens de feu M. L., sera exposée le Mercredi 12 Mars, et mise en vente le Jeudi 13, dans la Salle n° 2. Les Dessins, Gravures et Livres seront vendus ultérieurement.

DÉSIGNATION

Porcelaines, Faïences, Objets d'Art
Miniatures, Bijoux

1 — Deux Rafraîchissoirs, à couvercles, en porcelaine
de Chine; décor à figures sur fond blanc.

2 — Deux grands Vases, forme balustre, en porcelaine
de Chine, fond jaune; décor à dragons.

3 — Un Vase balustre en Chine; fond bleu.

4 — Deux Lampes Carcel, montées sur cornets en Japon.

5 — Grand Vase, à pans coupés, en porcelaine céladon.

6 — Un Vase à parfums, en Japon; monture en bronze.

7 — Deux Vases en céladon, fleurs et branchages
blancs, sur fond vert d'eau.

8 — Deux Vases en porcelaine du Japon laquée sur
fond bleu.

9 — Fontaine en ancienne porcelaine du Japon.

10 — Deux grandes Vasques en terre émaillée.

11 — Deux petits Vases balustre en céladon craquelé.

12 — Deux Cafetières en porcelaine du Japon.

13 — Deux Cornets, forme balustre carré, en porcelaine
de Chine.

14 — Deux Bouteilles en porcelaine de Chine, avec terrasse en bronze.

15 — Une Potiche en porcelaine de Chine; émail violet et fleurs variées.

16 — Un Bassin profond en porcelaine de Chine; décor à figures et fleurs émaillées sur fond blanc.

17 — Trois Plats, à bords contournés, en Chine émaillé à fleurs.

18 — Quatre Plateaux octogones en Chine; fond rouge.

19 — Deux grands Bassins ronds en vieux Japon; décor bleu, rouge et or.

20 — Grand Plat rond en vieux Japon; décor à bouquets de fleurs et bordure bleue, rouge et or.

21 — Deux Compotiers, à lobes, en vieux Japon.

22 — Six Compotiers en Japon; décors à jardinières et bouquets de fleurs.

23 — Trois Plats, de même décor et de même dimension, en vieux Japon.

24 — Six Plats ronds en vieux Japon; décor bleu, rouge et or à vases de fleurs.

25 — Deux Plats en vieux Japon.

26 — Six Plats, à rosaces, en porcelaine du Japon.

27 — Un grand Plat en porcelaine du Japon laquée.

28 — Deux Vases en porcelaine de Chine; décor bleu; anses à trompes d'éléphants.

29 — Environ quatre douzaines d'Assiettes en ancienne porcelaine de Chine variées de décors, quelques-unes de très-belles qualités.

30 — Deux Écuelles, à couvercles, avec plateaux en Japon.

31 — Série de Bols, de dessins variés, en porcelaine du Japon.

32 — Grand Bol en Chine, décoré de fleurs émaillées.

33 — Bols en Chine émaillés; décor à Sirènes.

34 — Environ trente Pièces d'étagère en porcelaine de Chine, de Saxe, d'Allemagne, de Sèvres, etc. : corbeilles, bols, tasses, groupes en biscuit, salières, plateaux de diverses dimensions.

35 — Deux Seaux en porcelaine de Chantilly; décor dans le goût Chinois.

36 — Deux petites Tasses en porcelaine tendre, décorées de médaillons à portraits sur fond gros bleu.

37 — Une Coupe, à piédouche, en porcelaine de Sèvres; décor à architecture et ornements.

38 — Vénus : Statuette en porcelaine d'Allemagne.

39 — Vénus au Dauphin.

40 — Source : Statuette.

41 — Tasse à couvercle et Soucoupe en Saxe; décor à paysages et figures sur fond jaune.

42 — Deux Vases, forme bouteille, en porcelaine d'Allemagne; décor genre Watteau.

43 — Boîte à thé, ornée de plaques en porcelaine de Saxe; décor à fleurs et papillons.

44 — Une Canette en porcelaine; décor chinois. Monture en cuivre.

45 — Petite Chocolatière en porcelaine d'Allemagne. Monture en vermeil gravé.

46 — Théière et Bol, à lobes, en porcelaine de Saxe; décor à bouquets de fleurs et encadrements d'or.

47 — Une Écuelle en porcelaine de Berlin; décor, genre Watteau, en camaïeu rose.

48 — Trois Compotiers en porcelaine d'Allemagne, décorés de fleurs.

49 — Un Compotier en vieux Sèvres, pâte tendre.

50 — Six Tasses à thé, avec Soucoupes en porcelaine de Saxe; décor à paysages en camaïeu rose.

51 — Quatre Tasses et Soucoupes, un Pot à crème et une Cafetière en porcelaine de Berlin; fleurs sur fond blanc.

52 — Deux Boîtes à thé en Saxe.

53 — Plat en porcelaine de Saxe, à bordure gaufrée; décor à fleurs.

54 — Garde à vous ! Figurine en biscuit de Sèvres, sur socle gros-bleu.

55 — Quatre Médaillons en biscuit : Portraits historiques.

56 — Deux Vases en porcelaine; dessins blancs sur fond bleu.

57 — Deux Jardinières en ancienne faïence de Castelli, décorées de Sujets champêtres.

58 — Un Plat en faïence italienne, décor à arabesques.

59 — Grand Plat en faïence italienne, décoré d'un sujet représentant le Bain de Diane.

60 — Coupe en faïence de Castelli ; décor à rinceaux et figures d'Amours.

61 — Petit Plateau en faïence de Castelli : Paysage et architecture.

62 — Soupière, à plateau, en faïence de Rouen.

63 — Grand Vase, genre étrusque, décoré de figures.

64 — Deux Vases, genre étrusque.

65 — Douze Assiettes en faïence de Marseille ; jolis médaillons à figures et paysages.

66 — Bronze : Vénus. Socle en marbre bleu turquin cannelé.

67 — Mercure de Jean de Bologne. Socle en marbre bleu turquin cannelé.

68 — Bronze italien : Vénus au dauphin.

69 — Bronze italien : Adonis.

70 — Marbres, fragments : Tête d'enfant.

71 — Buste en marbre : Niobé.

72 — Deux Médaillons en marbre blanc : Portraits.

73 — Marbre : Bacchus et Figure de femme drapée. Deux bas-reliefs.

74 — Portrait de Louis XIV. Médaillon en marbre blanc.

75 — Un Mortier en marbre, orné de figures en relief : Danse flamande.

76 — Terre cuite : Hébé. Statuette par Marin.

77 — Un Bas-Relief en terre cuite, par *Chaudet* : Triomphe de Titus.

78 — **Marini**. Femme couchée. Terre cuite.

79 — Nymphe et Amours. Bas-relief dans le goût de Clodion.

80 — Ivoire : Diane chasseresse. Figurine.

81 — Un Vase sacré en cuivre repoussé, époque Louis XIV.

82 — Deux Boîtes cylindriques en vieux laque.

83 — Jardinière en laque rouge de Pékin en relief, suspendue à un écran en bois de fer.

84 — Un Coffret en bois gravé.

85 — Sucrier oriental, avec plateau en cuivre gravé.

86 — Deux petites Boussoles.

87 — Une Pièce d'échecs. Ivoire sculpté.

88 — Porte-Huilier en émail.

89 — Verreries de Venise et de Bohême : coupes de diverses dimensions, flacons, plateaux, carafes, verres à pied, etc.

90 — Tabatière ronde, ornée d'un fixé : Offrande à Priape, attribué à *Taunay*.

91 — Miniature : Intérieur d'un temple.

92 — Miniature : Portrait de Mme de Bonneuil. Forme ovale.

93 — Miniature : Portrait de jeune fille, signé *Fanny Charrin*.

94 — MINIATURES. Sous ce numéro, environ 20 Pièces : miniatures, émaux, fixés, cires, portrait par Aubry, 1797 ; portraits de femmes, époque Louis XVI ; médaillon, terre cuite par Nini, etc.

95 — Montre en or émaillé, époque Louis XV.

96 — Un Kandjar. Lame en damas, poignée en argent.

97 — Un Couteau arabe et plusieurs Couteaux.

98 — Un Cric malais.

99 — BIJOUX : bracelets or et argent dont un avec miniature Louis XVI ; bagues et épingles, brillants, roses, opale, camées durs, intailles, boucles d'oreilles, châtelaine.

100 — Les Objets non catalogués.

Meubles, Bronzes, Tapisseries

101 — Très-grand Secrétaire Louis XVI, à trois corps, en bois rose et marqueterie à damier, moulures et galeries en cuivre doré.

102 — Grand Secrétaire Louis XVI en bois rose et marqueterie, à trophée de musique.

103 — Grande Armoire à glaces en marqueterie de Boule.

104 — Grand Bureau plat, époque Louis XVI, en bois rose et marqueterie, garni de bronze.

105 — Bureau de Dame en acajou, époque Louis XVI.

106 — Armoire chinoise, à quatre portes et deux tiroirs laqués ornés de figures et de kiosques en relief.

107 — Secrétaire Louis XV en bois rose, dessus en marbre.

108 — Grande Armoire en racine de noyer, avec moulures.

109 — Meuble, à deux corps, surmonté d'un fronton en bois sculpté, orné de têtes de mascarons, coquilles et ornements.

110 — Un Buffet en bois sculpté, panneaux à figures, cariatides et fleurs, style Louis XIII.

111 — Meuble-Buffet, à deux portes, orné de panneaux en marqueterie de bois, à bouquets de fleurs, dessus en marbre.

112 — Deux Bibliothèques, à deux corps, en acajou, époque Louis XVI.

113 — Petite Bibliothèque très-étroite en bois satiné, époque Louis XV.

114 — Un Meuble d'encoignure, à deux corps, en noyer marqueté. La partie supérieure, à deux portes et à colonnes torses, repose sur une table de même style, époque Louis XIII.

115 — Une Commode Louis XV en bois de rose et palissandre ; dessus en marbre brèche.

116 — Une petite Commode Louis XV, avec dessus en marbre.

117 — Un Meuble hollandais à portes à glaces, secrétaire et tiroirs en marqueterie de bois.

118 — Un Pupitre en marqueterie de bois; travail hollandais.

119 — Table hollandaise, à pieds tors; dessus marqueté.

120 — Secrétaire-Commode en marqueterie de bois, à fleurs.

121 — Une Table hollandaise, à pieds tors, en marqueterie de bois.

122 — Table à ouvrage en marqueterie de bois.

123 — Table-Guéridon en marqueterie de bois, avec figure de Madeleine.

124 — Un Lit à fronton en bois sculpté, à colonnes, époque Louis XV ; ciel-de-lit garni en damas de soie rouge.

125 — Autre Lit, avec ornements, en marqueterie de bois.

126 — Console sculptée, peinte en blanc.

127 — Grand Chevalet en acajou.

128 — Une Presse en bois de chêne, avec figures d'enfants en relief.

129 — Six Fauteuils Louis XV, couverts en ancienne tapisserie, à bouquets de fleurs sur fond blanc.

130 — Deux Fauteuils et une Chaise, couverts en ancienne tapisserie : Sujets des Fables de La Fontaine.

131 — Six Fauteuils, à dossiers ovales, **couverts en tapisserie à la main; décors variés.**

132 — Deux Fauteuils, à dossiers carrés, couverts en tapisserie à la main ; dessins variés.

133 — Grande Bergère du temps de Louis XVI en bois
sculpté, avec accoudoirs à tête de béliers. Au
dos, un médaillon ovale, avec chiffre.

134 — Un grand Fauteuil Louis XV, bandes en tapisseries
à la main, alternées de velours.

135 — Grand Fauteuil à dossier renversé, incrusté de
nacre et de filets de cuivre, couvert en ancienne
tapisserie.

136 — Un Canapé et six Fauteuils Louis XV en bois blanc,
couverts en perse.

137 — Deux Fauteuils et deux Chaises en bois de chêne
sculpté, couverts en moquette, à fleurs.

138 — Un Canapé et un Fauteuil capitonnés en bois
laqué et doré, couverts en ancienne soierie à
ramages.

139 — Meuble de salon Louis XV, un Canapé et quatre
Fauteuils en bois sculpté et doré, couverts en
damas de soie bleue, et trois rideaux.

140 — Canapé Louis XV, couvert en reps à fleurs.

141 — Une Chaise, à dossier renversé, couverte en ancienne soie brochée.

142 — Une Causeuse, à trois places, couverte en velours
violet capitonné.

143 — Quatre Chaises Louis XV, à dossiers cannés.

144 — Chaises Louis XV, foncées de cannes.

145 — Un Canapé et trois Siéges en soie jaune capitonnée.

146 — Un Canapé et deux Fauteuils capitonnés, couverts en damas de soie verte.

147 — Petit Divan capitonné, couvert en brocart vert.

148 — Glace, à fronton, en bois sculpté et doré, époque Louis XV.

149 — Grande Glace, avec encadrement, style rocaille.

150 — Glace vénitienne, à fronton.

151 — Glace, à biseau, de forme contournée, avec encadrement rocaille.

152 — Miroir ovale, cadre en verrerie de nuances variées.

153 — Glace ovale avec bordure en bois sculpté et doré.

154 — Glace Louis XIII, ornements en cuivre.

155 — Pendule religieuse, écaille et filets de cuivre.

156 — Un Régulateur Louis XIV.

157 — Un Régulateur Louis XV.

158 — Pendule Louis XVI, bronze doré, composition de cinq figures.

159 — Petite Pendule, style Louis XIV, marqueterie de cuivre et d'étain.

160 — Une Pendule Louis XVI, marbre blanc et bronze.

161 — Petite Pendule Louis XVI.

162 — Grande Pendule en rocaille et deux Candélabres en bronze doré de style Louis XV.

163 — Deux Candélabres, même style.

164 — Deux Candélabres Louis XVI : Jeunes Femmes portant un bouquet de lys, à trois lumières.

165 — Deux Bras-d'Applique Louis XVI en bronze doré, à deux lumières. Modèle à nœud de rubans.

166 — Deux paires d'Appliques, à deux lumières, époque Louis XVI.

167 — Quatre paires d'Appliques Louis XV, à deux et trois lumières, en bronze doré.

168 — Deux Chenets, à figures et ornements rocaille, en bronze doré, style Louis XV.

169 — Paire de Chenets, à vases, style Louis XVI.

170 — Deux grands Flambeaux de mosquée en cuivre gravé.

171 — Petit Lustre Louis XV, à six lumières, avec pendeloques.

172 — Lanterne de vestibule, style Louis XVI.

173 — Plusieurs paires de Flambeaux en bronze doré, styles Louis XV et Louis XVI.

174 — Grande Tapisserie à verdure, avec groupe de bergers; bordure à Amours et fruits.

175 — Portière à verdure; bordure avec Amours à guirlandes de fruits.

176 — Portière: Bergers. Avec belle bordure à ornements.

177-179 — Trois Tapisseries : Parcs avec pièces d'eau et volatiles.

180 — Sacrifice d'Abraham ; bordure à figures et ornements.

181 — Jugement de Salomon.

182 — Ancienne Tapisserie d'Aubusson : Entrée d'un parc, avec rideaux et baldaquins.

183 — Deux grandes Portières en tapisserie.

184 — Panneau en ancienne tapisserie : Danse de villageois.

185 — Tapisserie : l'Enfance de Bacchus. Bordure à fleurs.

186 — Tête de Christ en ancienne tapisserie, forme ovale.

187 — Morceaux en ancienne tapisserie, pour siéges.

188 — Lot de Bandes en ancienne tapisserie.

189 — Robe de chambre turque, ornée de broderies.

190 — Coupons d'anciennes Étoffes.

191 — Paravent, à quatre feuilles, en ancienne tapisserie.

Vᵉˢ Renou, Maulde et Cock, imprˢ de la Compagnie des Commissaires-Priseurs, rue de Rivoli, 144.　29960